AA. VV

Pelayo, un ratón de biblioteca y la corte de Vitiza

II Certamen Literario Mundo Rural 2024,

Se ha escrito un libro

AA. VV

Pelayo, un ratón de biblioteca y la corte de Vitiza

II Certamen Literario Mundo Rural 2024,

Se ha escrito un libro

Impresión y editorial: BoD – Books on Demand
info@bod.com.es – www.bod.com.es
Impreso en Alemania – Printed in Germany

ISBN: 978-8-4117-4682-3

El leer sin pensar nos hace una mente desordenada. El pensar sin leer nos hace desequilibrados.

Confucio

De los diversos instrumentos del hombre, el más asombroso es, sin duda, el libro. Los demás son extensiones de su cuerpo. El microscopio, el telescopio, son extensiones de su vista; el teléfono es extensión de la voz; luego tenemos el arado y la espada, extensiones de su brazo. Pero el libro es otra cosa: el libro es una extensión de la memoria y de la imaginación.

Jorge Luis Borges

El que lee mucho y anda mucho, ve mucho y sabe mucho.

Miguel de Cervantes

Índice

Nota de la Asociación

Esta asociación nació en un pueblo, un lugar tranquilo, acogedor, pausado, con las costumbres de dar los buenos días y una pequeña conversación al paso de cada vecino. Con sus gatos, sus perros, con alguna ganadería y con mucha vida interna.

Desde esta asociación nos hemos propuesto dar visibilidad al mundo rural, a esa España vacía, a través de la cultura, fomentar la lectura y premiar a los escritores/as, que con su quehacer nos ayudan a ello.

Apasionados, todos los miembros de esta asociación en ambas disciplinas presentamos el libro del II Certamen Literario Mundo Rural, Se ha escrito un libro 2024, *Pelayo, un ratón de biblioteca y la corte de Vitiza.*

Prólogo

Érase una vez un lugar llamado Arcallana, del que algunos dicen, pudo ser villa de origen romano. Un pueblo pequeño en el concejo de Valdés, donde resisten aún unos cuantos vecinos, de esos que las grandes ciudades evitan por considerarlos insignificantes. Y ocurrió que, precisamente allí, tuvo lugar un hecho asombroso, inesperado, portentoso. Uno que nadie podía imaginar. Un suceso que corrió de boca en boca, de puerta de puerta, por valles y majadas, atravesó montañas, cruzó ríos y transitó por caminos y caleyas. Y en su trascurrir llevó la voz de Arcallana allende los mares.

Resultó que, por aquellos lares, la gente notaba con gran preocupación, que sus vecinos andaban tristes y desanimados. Las calles del pueblo parecían mustias, como el sol flojeras de finales de invierno. Los jóvenes se marchaban en busca de futuro, los negocios iban cerrando uno a uno y, pronto, los mayores dejarían de recordar. Todos sufrían una sensación de abandono, parecida a cuando uno toca fondo. ¿Qué podemos hacer?, se preguntaban.

Y resolvieron el rescate con un remedio infalible: la cultura.

Es bien conocido que existe una clase de personas de las quedan muy pocas. Personas que, lejos de rendirse, les da por actuar. Resulta que, en Arcallana, no solo contaban con un individuo de esa rara especie, había varios, muchos, dicen algunos. Estos fantásticos vecinos sentían pasión por los libros de aventuras, de amor, de terror o de fantasía. Gozaban con la poesía y disfrutaban con una buena novela de espías. Amaban el cine, el teatro, la ópera y la pintura. Admiraban la fotografía y la danza. Eran gente valiente, de esa a la que los dragones o los abismos enormes no amedrentan. Gente con alas en los pies y pajaritos en la cabeza.

Resulta que, un día cualquiera, se reunieron con la intención de recuperar las historias escondidas en los hórreos, en las paneras, en los chigres, en los corrales y en los rincones de las casas. Armados con lápiz y papel y unos cuántos libros en la mochila emprendieron viaje. Y, desde la cima del cerro más alto que encontraron, lanzaron a los cuatro vientos palabras de amor y párrafos de los grandes poetas. Leyeron fragmentos de los libros de aventuras, de las leyendas locales, de las grandes epopeyas, de las comedias griegas, de los grandes dramas y de mundos inexplorados. Y gritaron solicitando la ayuda de los escritores para crear nuevas historias.

Sus palabras viajaron empujadas por el nordés, por el bochorno del verano, por las primeras nieves y los primeros brotes de la primavera. De norte a sur, de este a oeste.

Y, después de un largo viaje, de muchas noches en blanco y de esperar con el alma en vilo, llegó la respuesta. Escritores de todos los lugares del país acudieron a Arcallana. Atraídos por las bellas palabras de la llamada, cayeron rendidos por las bellas personas que encontraron. Inspirados bajo la premisa, el agua y los libros, los escritores se pusieron manos a la obra. Y de sus entrañas nacieron relatos como *Pelayo en la corte de Vitiza*, *El río de los libros* y *Ratón de biblioteca.*

La cultura regó Arcallana, con unos encuentros que atrajeron a escritores, músicos, lectores, emprendedores, curiosos y eruditos, aburridos y desesperados, jóvenes y mayores. La alegría se instaló en las casas, en la boca de la gente, en la imaginación de los niños y en el ánimo de los ancianos.

Lo mejor, es que era contagiosa. Muy, muy, muy contagiosa.

Y, a partir de ese momento, todo mejoró.

Este pequeño prólogo va dedicado a aquellos que, de una u otra manera, se empeñan por mantener la esencia del mundo rural y se comprometen con la Cultura, como guardianes celosos de un pasado que nos enriquece a todos. Gracias a la asociación *Se ha escrito un libro* de Arcallana y a todos sus integrantes, por permitirme el honor de prologar este segundo certamen literario.

Mi sincero agradecimiento por hacer de este mundo un lugar más amable.

Marta Huelves Molina

Don Pelayo en la corte de Vitiza

Rafael Jiménez Salesch

Hubieron de acontecer mil y una prolijidades antes de que Don Pelayo decidiera abandonar la corte de *Vitiza*, aquel monarca godo de cuyo regio anecdotario personal se esculpieron algunas de las mayores escabrosidades de la época, en piedra, pero también en sangre. Si bien no fueron estas, sus historias ni escarceos, los que condujeron a relatar este vetusto episodio, sí que proveerán de notorio y necesario contexto para redundar en la comprensión del pasaje histórico que aquí se atesta. Pues sea digno de advertir que, aun pareciendo irreal, la existencia de un desconocido y sucinto, más preciso, suceso en la vida de Don Pelayo, que transcurrió fatua y perdidamente entre las marañas de dicha corte, despertará gran interés de a quienes guste zahondar en la historia.

Todo comenzó, y permítanme la alusión escueta a un hecho nimio, un verano en blanco y negro, en el que yo me aventuraba a descubrir un país aún deshecho y capitulado en sí mismo por la guerra. Excedería a la intención de estos apuntes delinear inútilmente el particular retrato de época de una España devastada u ofrecer un resumen de mis propias percepciones. Día llegará en que pueda profundizarse en tales oficios. Entre tanto, continuaré encomiándome a la descripción del camino que habría de llevarme por sendas extrañas, de sur a norte, con el objetivo de abandonar por simple curiosidad mi hogar, uno de los lugares histórica y culturalmente más aljamiados del país, para adentrarme osadamente en el único y pequeño vestigio que vehementemente se hubo resistido al vasallaje e insumisión musulmana. Camino hacia ese prolífico vergel de mitos y leyendas, ese confín antagónico a lo que yo conocía, al que escondido tras grandes montañas llaman Asturias.

Bien arraigado en mis entrañas debía estar, por aquel entonces, ese anhelo de contrastes, pues profuso acervo es el legado morisco en nuestras lindes sureñas, que por necesarias estimé tales ensoñaciones de desasimiento hacia un vuelo testamentario. Así que, una vez acabados mis estudios, y no precisamente bien abastado, emprendí un viaje inseguro que habría de conducirme inexorablemente a través de la letanía de rudas tierras castellanas, sin no antes haber superado el nudo de bandolerías que me acecharían en torno a Despeñaperros, hacia las antiguas tierras de los astures. Largo y rico en historias, se presuponía aquel periplo, no menos sencillo, pero en aras de no enervar tan grata plática, omitiré detalles geográficos e históricos por todos consabidos.

Dos meses pasaron hasta encontrarme a media milla del puerto de montaña de Somiedo, ya en territorio asturiano, y al que hube accedido a través de la provincia de lo que hoy es León. Para ello, era necesario seguir la senda creciente del riachuelo del Puerto –así el nombre–, afluente que en tiempos atrás nutría de buen caudal al río Sil. Era un camino plagado de rocas sueltas y escarpadas, con un paisaje vigorosamente empedrado y poca flora. Hoy en día, resultaría imposible recrear el camino, puesto que la construcción de pequeños diques ha menguado considerablemente el flujo del río y, con ello, transformado por completo el paisaje.

El frío canicular de aquella mañana me resultó llamativamente desconocido, cierto es, que este vino acechándome al alba ya en días anteriores, aunque algo parco en vigor, más para enlazar con el primer camino sobriamente transitable, urgía sortear las cumbres grises y rocosas de aquel macizo montañoso y, por consiguiente, soportar tal envite térmico. El hosco viento tendía a arreciar a medida que me aproximaba al cenit, de hecho, aún hoy se aprecia, y con inequívoco rigor, el modo en que el viento ha ido moldeando caprichosamente dichas cumbres erosionadas. — *«Lienzo de cristal, luego lechoso, finalmente aparecerá el verde de los bosques»*–, así me fue descrito el camino a seguir por lugareños en un pueblo del llano leonés, unos veinte kilómetros atrás.

Una vez dejada atrás la cumbre, debía enlazar con el río Somiedo caminando escasa hora hacia el noreste hasta su mismo nacimiento. He de condescenderle a esos señores lo fidedigno de sus descripciones, pues tales estampados se me aparecieron al paso con su mismo tenor literal: cielo claro, reluciente y cristalino, que poco a poco y durante el descenso descargaba una limpia humedad de temprana niebla, lechosa, que se arremolinaba torpemente en torno a los firmes y verdosos robles que me salieron al paso una vez hube ahondado en el escarpado y angosto valle por el que transcurría el curso superior del río.

Ya en su lecho, y al amparo de la vegetación, comencé a desquitarme del frío y caminé varias millas por una fuerte pendiente decreciente. Aún recuerdo el tronar del agua incipiente contra las rocas dragadas, que se fundían en un eco ensordecedor con el cantábile de los pájaros. En el horizonte de curvas se perdían mi diluida mirada y mis pensamientos. Me imaginaba ya en mi destino, que habría de ser *Cangas del Narcea*, donde tenía planeado reunirme con el pastor de su parroquia, quien me había proporcionado una invitación para revisar una documentación catedralicia procedente del *scriptorium* del obispo Pelayo. Eran textos pertenecientes a los siglos VIII y IX, de los cuales se presuponía falsedad documental y cuyos facsímiles fueron objeto de análisis durante mis estudios.

Curiosamente, el camino devendría azarosamente en *La Peral*,[1] una pequeña aldea situada en el alto, incruste de una montaña de no más de media docena casas, todas ellas construidas a piedra oscura y techos de paja. Es curioso cómo el ser humano trabaja sobre la antinomia de sus propias convicciones, sentimos pavor ante la duda como si de certezas se tratasen, sin a veces percibir los límites de la realidad misma, por muy manifiestos que sean. Confieso esto, porque cualquier lector cabría de esperar, llegados a este punto, una descripción majestuosa y metafórica de paraísos naturales, más lo cierto es, que el lugar me pareció sombrío y lúgubre, pues llenaba mi mirada de esas mismas dudas que en su día fueron certezas. No quisiera ser artífice de desdeños ni malentendidos, aquel lugar fue el primer asentamiento habitado con el que me topé desde hacía días, lo cual debió condicionar mi ánimo descriptivo. Todo sea de justicia, puesto que

---

[1] La Peral es una antigua braña vaqueira de alzada Ubicada en el Parque Natural de Somiedo.

---

mi intención no es que mis palabras deleiten, sino que hagan bien.

Aun sin haberme sacudido el desconcierto de verme ante ese nuevo mundo, que tantas veces hube imaginado, sumido en la realidad de un seglar ajeno al candil de la fantasía, arrebatado severamente y orillado en la realidad vana, turbia y sin añagazas que se suele disponer allende los imaginarios, tuve a bien mecerme con ligera mesura –por un indolente instante– a la calidez de mi tierra, de casas blancas y olor a mar. Creo que aquella comparativa, otrora nutrida de idealismo, se resquebrajó en un solo instante, pues nada de aquel romance tejido en mi mente parecía existir. En lugar de vestigios de un fastuoso y antiguo reino, bella arquitectura y aleteos de una vida hilarante, me topé con rumia de destierros, un lugar que la guerra tuvo a mal desolar. Como si la luz quedara sepultada por cadenas de la condena. Sabedores somos, los de esta generación, que el azar puede destruir a la persona de la patria o la patria de la persona, y naufragar por completo en los desdenes de la condición humana, pues no hay mayor mal social que los problemas morales que conducen a conflictos fratricidas. Y no quisiera yo perderme en la huera oquedad que suscitan las primeras impresiones, pues lo que allí me esperaba no habría de estar vinculado a idilios, sino a un suceso que cambiará nuestra historia para siempre.

A medida que me aproximaba a la aldea, encontré a un hombre leñando en una especie de reducido solar. De desaliñado aspecto, portando finos harapos, sucio y rodeado de troncos enormes, de los cuales la mitad yacían ya procesados por el firme golpeo del hacha. Yo contemplaba todo aquello extrañado y compasivo por la intrínseca crueldad que guardaba en sí aquella dura labranza, ajeno yo a tales labores de subsistencia, puesto que de donde yo provengo, el clima nos traía aparejadas ciertas comodidades–, pero cuando él alzó la mirada y me atisbó, debió entender, que aquella extrañeza no era sino curiosidad y admiración. Les ruego que entiendan, que debo fidelidad al contenido del relato más que a la holganza en detalles, motivo por el cual, me abstendré de la reproducción de conversaciones irrelevantes y que dilatarían injustamente la finalidad de nuestro cometido.

Tras una breve conversación que no debieron sobrepasar los tres minutos, aquel buen hombre me invitó a su casa para compartir almuerzo conmigo, lo cual fue de enorme agrado en vistas de mi escasez de víveres. Durante la sobremesa, sirvió vino de una vieja botella empolvada. Si bien obraré, ahora, en contra de mi firme decisión en mantener la parquedad en especificaciones menores, debo utilizar este inciso para realzar brevemente tan suculento ofrecimiento. Pues desconocía yo, en mi ignorancia, la existencia de calidad vinícola en tales regiones.

Ya despejadas las típicas dudas iniciales de cualquier conversación sobre mi foraneidad, intenciones en la región e, incluso, posibles intromisiones en asuntos de turbia índole —en aquellos años casi siempre de naturaleza política—, y casi despachada ya aquella botella, tornó la conversación hacia el plano de la informalidad. Fui preguntado por la vida en mi primigenio hogar y por mi familia, a lo cual le desvelé mis antiguas compañías, rutinas y quehaceres, asimismo respondí de cómo retomaría algunos proyectos una vez tornara o cómo cavilaba inciertamente sobre mi futuro, el cual debería estar vinculado a mis estudios en arqueología y lingüística. Sería correcto, —lo es hoy tanto como lo fue ayer— aseverar que ambas disciplinas, por humanísticas y librescas, están sometidas a gran desdicha, más si cabe en aquel tiempo, durante el cual, muchos y grandes autores hubieron de sufrir el exilio o la muerte por sus obras y convicciones. Aquel hombre, curiosamente, lejos de mostrar desinterés al escuchar esto, tuvo a bien tornársele por completo la expresividad del rictus, de condescendiente a expectante. Sin mediar palabra y provisto, ahora sí, de un semblante esclarecido, se levantó presto de la silla y, sin holganzas, volvió con unos embalajes cilíndricos de cuero raído que contenían una especie de rollos de extraño pergamino, a los que alegremente hizo sitio sobre la mesa.

A simple vista, se antojaban muy antiguos, puesto que no eran de papel ni cáñamo, ni tan siquiera lino, tampoco de la típica deshilacha de las que solían estar compuestos los documentos árabes que abundan en los archivos que yo conocía. Mientras mi anfitrión me permitía examinar aquellas antigüedades con especial ahínco, él se empeñaba afanosamente, y con detallado pormenor, en relatarme la procedencia de sus bien guardadas posesiones.

Resulta que, siendo él más joven, frecuentaba con cierta asiduidad unos parajes de caza bastante más al norte de donde ahora moraba. Al parecer, se trataba de una zona en el concejo de *Castropol*[2] conocida por la frondosidad de su vegetación –exuberante y fértil– y, todavía más, por albergar gran cantidad de agua y fauna: atractivo indispensable para el asentamiento humano. Según ponderaban la solemnidad de sus palabras, aquel lugar debía estar encantado o, al menos, contar con algún matiz de arraigado misticismo, puesto que aquel hombre continuó hablando largamente sobre historias y leyendas que parecían sacadas de una saga de helenística clásica.

Para acercarme al punto de encuentro de su relato, procederé diciendo que un día, debía ser en décadas pasadas, contó haber abatido un animal en las inmediaciones de la cascada del *Cioyo*, un lugar plagado de castaños y abedules que rodean una pequeña catarata de agua fresca y cristalina, que a su vez fondeaba en una amplia laguna de la que afloraban masivamente acantilados de piedra

---

[2] Villa y parroquia del concejo de Castropol, en el Principado de Asturias, España.

caliza. Un lugar que tranquilizaba e inquietaba a partes iguales. Cuando se hubo acercado a su presa, advirtió que se encontraba a escasos centímetros de una diminuta madriguera de piedra, de la cual asomaba tímidamente un objeto difícilmente identificable a primera vista. Aquello debía llevar gran cantidad de años allí escondido, pensó, puesto que no era lugar fácilmente avistable y, además, se encontraba cubierto de fango y hojas. Se sinceró, diciendo, que las escaseces de antaño le hicieron imaginar que tal hallazgo debía tratarse de una *ayalga* – término que significa 'tesoro' en asturiano–, por lo que resolvió llevárselo rápidamente, y sin ser visto, a su hogar, someterlo a una limpieza exhaustiva y determinar su valor. El resultado obtenido fue una extraña vaina de cuero atada fuertemente, en su parte superior, por cuerdas del mismo material, que en su interior habría de albergar –al resguardo de las inclemencias– esos mismos cantos rodados de particular e inusitado papiro ante los cuales yo me encontraba. Aquel hombre, pese a carecer de conocimientos suficientes para dar lectura de tales piezas ornadas, ciertamente, de escrituras antiguas e ininteligibles, intuyó inteligentemente que, ante tan fastuoso estado de conservación, algún valor histórico y, por ende, económico, debía poseer. Por tanto, decidió guardarlos escrupulosamente hasta el día de mi aparición.

****

Hubo de pasar un año de aquel encuentro hasta que pude hallar respuesta a las numerosas preguntas que demandaba el análisis de tales manuscritos. No hubo incidentes por consignar tras mi visita a aquella aldea ni, mucho menos, con mi anfitrión, a quien debo agradecerle el obsequio de su descubrimiento que, por cierto, a buen recaudo yace en posesión museística.

He de confesarles, que anduve largo tiempo obsesionado con descifrar aquellos manuscritos. Me quitaba el sueño transitar insatisfactoriamente de una a otra biblioteca, revisar archivos e interminables rimeros de libros, tal obcecamiento consiguió anular el sosiego que tan requerido es en la paciencia del estudio. La mera coincidencia de que aquel testamento fuera redactado en una mezcla de idiomas casi ininteligibles, además todo mondado de follaje histórico y, ciertamente, imaginativo, obstó en su más que compleja comprensión. Habría que añadirle, a tal frustración y desesperanza, que los escritos estaban carentes de datación y firma, por lo que se desconocía origen, época y autor. Sin embargo, algo de claridad sí que arrojaba tal enigma, y es que aquello no debía ser acta oficial o eclesiástica de algún acontecimiento, puesto que carecía de necesario normativismo lingüístico. Debía de tratarse de algo más personal, quizá íntimo, una especie de diario.

Nótese, que tales estudios, que hoy obran en posesión de los expertos, se encuentran aún por hacer, pero de momento solo quiero limitarme a anticipar esta noticia bibliográfica. ¿En qué relación pudiera hallarse aquel propósito con la ulterior redacción de la memoria Astur y Pelagiana, quedará por dilucidar, pero tengan ustedes a bien tomar conciencia de lo siguiente?

Tras dilatados meses de análisis y escudriñamiento entre un reducido grupo de compañeros de distintas universidades, conseguimos concluir, que las notas figurantes en aquellos textos estaban redactadas entrelazando las lenguas asturleonesas, gótico, en alfabeto latino y, al parecer –y de esto hay menor certeza–, gallegoportugués. A medida que íbamos incluyendo más expertos a nuestra causa, iba creciendo la inherente expectación por revelar tales incógnitas arcanas. Naturalmente, por encima de nuestras observaciones, adjuntamos a gentes no poco imperitas en otras ramas del conocimiento, quienes estimaron que los manuscritos debían datar del siglo VII. Teníamos ya el lugar, los idiomas y la datación aproximada, solo faltaba por entender y cohesionar el contenido.

Existían, pues, inferencias razonables para sentenciar, que la persona a quien atribuirle el relato debía ser oriunda de la región donde fueron hallados los documentos. La coincidencia lingüística casaba con la parlamenta romance en la zona de los astures previa al «Siglo del islam» y, por consiguiente, a la desaparición del gótico. De igual modo, debía ser autor con cierta influencia y enjundia cultural, no solo por el mero hecho de dominar la escritura, sino por hacerlo en distintas lenguas y, además, en aquel reversionado latino del gótico, lo cual apuntaba a un especial conocimiento de dicha lengua por la pericia en que se desempeñaba aquella transliteración. Dicho lo cual, comenzaron algunos vagos, más notables y concluyentes, intentos de traducción.

Empezaba el relato, interesantemente, en gótico, en lo que parecía concretar una travesía que partía desde Toledo. Citaba, y nótese que no ha de ser esta entendida como traducción fiel de su original, sino del preludio para futuras constataciones de lo que al autor de la obra concerniera:

«Fue encomienda misma del Rey, vástago del tristemente malogrado Égica, que fuera yo, quien, por tales actos de fiereza y comando en batalla, dispusiese de la prez y prerrogativa de buscar y traer en protección a su primogénito bastardo a la Corte, camino que a Tui me debiera llevar».

Pueden figurarse ustedes la sorpresa que azotó la sala al darse lectura de ese primer fragmento traducido. Si ya existían pocas dudas sobre la trascendencia histórica de aquellos textos, mencionadas palabras terminaron por disiparlas por completo. Se dedujo, y pienso que acertadamente, que por aquel vástago –aun sin nombrarlo– debía referirse a *Vitiza*, dado que según convienen algunos cronistas históricos, era a la sazón este hijo de *Égica*, quien le dejó a cargo del reino, rompiendo así la tradición de elegir a los reyes godos por votación de la nobleza y no por derechos de sucesión. Sabido es, asimismo, que su padre le cedió con anterioridad al trono mayor, para que la gobernase, toda la provincia de Galicia.

A tal efecto, le dieron asiento en la ciudad de *Tui*, donde se le emplazó, más que a gobernar, a amenizarse hasta habida cuenta, cosa que hubo de aceptar deleitosamente en sus años de ardiente juventud. Se cree, que dicha ciudad era destino habitual para la crianza de príncipes godos, concretamente en el palacio de Pazos de Rey. Posteriormente, *Vitiza* accedería al trono una vez fallecido su padre y se trasladó a Toledo en el año 702 para gobernar el territorio en su totalidad.

Tendría sentido pensar, que dicho fragmento poseyera fidelidad histórica, puesto que es previo a las crónicas históricas existentes y coincidente en tiempo y forma. Ansiosamente, se condujo a traducir el siguiente fragmento. Por interés y relevancia omitiré parte de este y desglosaré lo más sustancial del mismo:

«… *Aquel insigne, engolado de maligna severidad en su puño de plata, trajinaba su autoridad conferida al vacío de su ignorante savia. Vino a interpelarme las carnes celadas como a fina pintura de féminas, por los demonios que aquel día hinchieran sus réprobas entrañas. Plantado ante él, más yo, como una desabrigada estatua, sin menguar mi afecto ni desviar los ojos del primer contacto, asumí, sin ademán de súplica, mi última, para mí decidida, misión en los confines de tan mal avenida desgracia».*

A medida que avanzaba la lectura intercalada por expertos en las diversas lenguas, también crecía imperiosamente la expectación por ir descifrando el contenido. En la sala ya se escuchaban susurros y rumores, algún estudioso incluso osó asignarle nombres y autoría al personaje cuestión. Yo trataba de ser prudente en la manifestación de mis emociones, harto consciente de que cada frase podría dar un vuelco a las altas expectativas que paulatinamente se iban generando.

No podíamos obviar, que en esta parte encontramos signos manifiestos de disconformidad e irreverencia hacia el rey en cuestión, se evidencian críticas a su carácter y al mandato que se le encomendó al autor. En combinación con el fragmento anterior, se deduce que el realizador de esta narrativa debió ser alguien curtido en batallas, seguramente algún sobresaliente militar en altas esferas del ejército godo, que tras largo recorrer en el dédalo de la corte, siendo partícipe de sus conocidas y perversas prácticas, decidió en ese mismo instante abandonar por siempre la servidumbre a *Vitiza*. Así pues, con encarnizado rigor continúa describiendo algunos de sus secretos:

«… Más *prócer que rey, desenfrenaba todas sus tentaciones carnales con sarna vileza, tanto que le chispeaban los ojos en ígneas deleitaciones de sangre, como si asalariado por el mismo Satán se encontrare. En una corte de zarabandistas, de ávidas y ostentosas impudicias y elegías, en la cual se mentía por gorja: cien bastardos debiesen engendrar, y yo a uno encontrar. Tomar ahora mitones ya de invierno y departir a las montañas del norte abandonando el calor del castillo debe ser magno castigo, pensará, más en goce del mío, que postrero me lo habrá de pagar».*

En este punto, no constan aún referencias claras que hagan imaginar que fuera la figura de Don Pelayo quien subyaciera tras este relato, bien podría tratarse de otros muchos generales o batalladores de la corte goda, que antaño solían poseer buena formación académica. Tampoco se entiende que la ruta a Tuy, en lugar de llevar al protagonista por el antiguo camino que comunicaba Salamanca con Braganza, desembocara en Asturias, dado que implicaba un rodeo de grandes consideraciones. Podría deberse a que, en el preludio a los hechos, dicha persona ya hubiera resuelto abandonar la corte goda y tomado la decisión de refugiarse en Asturias, puesto que a la preterición al rey habría de aparejársele grandes represalias. No obstante, tampoco se pueden descartar percances de otra índole o, incluso, algún encuentro fortuito con espías musulmanes que ya entonces merodeaban la zona. Sea como fuere, tendríamos que recurrir ya a fragmentos escritos en asturleonés para referenciar su estancia en Asturias, al parecer, escasas semanas tras la última exposición de hechos. En aras de facilitar la comprensión del texto, le ruego a los entendedores de mencionada lengua, que me permitan fraccionar el texto a modo traducido, aunque con ello devenga en inequivalencias interpretativas menores.

«… Unos setenta días a pie conté desde mi partida, más a buen recaudo, ahora me hallo tras las cimas de la Luna. La orquesta, al fin, asienta a la

sapiencia extractada de las gemas humanas de la experiencia, más no me reporta regocijo alguno, pues peor se intuye el remedio que la propia enfermedad».

Encontramos aquí una clara alusión a Asturias bajo la rúbrica *«tras las cimas de la Luna»*, mediante la cual, probablemente, se refiriera a la parte septentrional del parque natural de Babia y Luna, puede que en las inmediaciones de San Martín, de cuyas sendas partía el antiguo y principal camino a Oviedo. Y si obedecemos a su cita sobre la experiencia y al supuesto cambio que habría de poner remiendo a la *«enfermedad»*, entendemos que alude al derrocamiento de *Vitiza* por parte de los musulmanes pocos años después, hecho que encajaría en la lógica de su aislamiento en la tierra de los astures, con quienes debía disponer de cierta afinidad.

Lo que a continuación leerán, créanme, condujo a la mayor y sobrecogedora algarabía de exultación que en mis días como facultativo llegué a deplorar, y cuyo recuerdo, aún hoy, me continúa estremeciendo inclementemente. Si bien es cierto que, es el fragmento más confuso por haber sido redactado en una variedad desconocida, seguramente idiolectal, del gallegoportugués entremezclado con algunas trazas de bable, menciona un nombre, *Gvatioxa*, que, en relación con los sucesos cronológicos expuestos, puede asociarse traducido de forma inequívoca a *Guadiosa*. Esta era, con antelación a la publicación de este estudio, una mujer de incierta existencia histórica, a quien vagamente se conocía como mujer de don Pelayo y madre del segundo monarca del reino astur, Favila de Asturias. Podemos concretar hoy, y en base a este fragmento, que dicha relación es fehaciente.

«… Y ocurrió, por sentencia de Dios, en aquella laguna, al lecho de la gran lágrima del Cioyo, donde en contemplación del agua, viva y reluciente, nos habló a mí y a mi esposa Guadiosa a solas, cuando el silencio se impuso y solo la voz pagana e intangible de la húmeda profundidad nos porfió la defensa de este puro y bendecido lar».

****

Hoy, casi siete décadas después, puramente consciente de hallarme inhalando los últimos suspiros de mi avanzada edad, dando forma a estas letras antes de que la oscuridad le arrebate el último haz de luz a mi fragua, me descubro sin opugnaciones, y por primera vez, ante el mismo lugar en que Don Pelayo terminó de relatar sus episodios biográficos. Contemplo sereno y cabal, tal y como él hiciera, esa agua que me susurra con sabia latencia la métrica de la existencia, infinita y renovada. Oteo con mi cansada mirada el entorno y atisbo, o eso me parece, aquella diminuta madriguera de piedra que albergó los secretos que hoy les comparto. Aclamo en mi imaginario cómo termina la historia, la suya, y ahora también la mía, al margen de luchas y batallas, contemplativos ante la lección que solo puede aprenderse al paso de los años, que todos intuimos, pero siempre ignoramos: la que nos enseña a escuchar las historias del agua.

En este momento siento imperturbable cómo la Xana dispone su rostro rosado sobre el pecho de mi maltrecho y viejo corazón, alborozo de alas y palmadas mientras alza mi alma hacia el indicador lineal del cielo victorioso.

Rafael Jiménez Salesch, nace el 16 de junio de1988 en Torre del Mar (Málaga).

Es Traductor e intérprete jurado por la Universidad de Granada / Actualmente doctorando en lingüística aplicada y fraseología por la Universidad de Potsdam, trabaja de Traductor e intérprete jurado / Business Development Analysis en el ámbito de M&A (Fusiones y Adquisiciones).

Ha publicado Libro didáctico/aprendizaje de español para alemanes, *Bienvenido a España - Spanien zum Lernen, Entdecken und Erleben: Landeskunde auf Spanisch. Niveau A2 - B2 T.*

Agua de enero, cada gota vale un dinero.

El río de los libros

Julio Prieto Mendo

Pelayo tenía una hermosa biblioteca, legado de su padre, que había sido maestro en un pequeño pueblo en la zona de Picos de Europa. Era toda la herencia que había recibido y se sentía muy orgulloso de ella. Con el correr de los años descubrió que no había podido recibir mejor regalo. Nunca dejó pasar un solo día sin leer. Cuando se jubiló, le faltaban horas para hacerlo. Al fallecer su esposa, leía desde las primeras luces de la mañana hasta que, al llegar la noche, el sueño lo vencía. Desde el día en que ella se fue, para él solamente hubo libros y más libros. Así era su vida hasta que descubrió el amor de su nieto por la lectura.

El pueblo de Pelayo estaba a orillas de un pequeño río, tranquilo y cantarín, en el que amaba disfrutar de la pesca los domingos y festivos. En su canasta, además de los aperos pertinentes, siempre había un libro. Una vez echada la caña, se sentaba a leer, cosa que nunca propiciaba la correcta atención al anzuelo y al señuelo, lo que le llevaba a regresar a casa con la cesta vacía o con un solo pez.

La madre de Pelayo, María Argentina, había sido la responsable de la biblioteca del mismo pueblo. Durante muchos años, llevaba a casa, todas las semanas, un libro que ambos leían con fruición; los devoraban. La cosa no quedó ahí, sino que fue en aumento. Pronto, los cuatro libros mensuales pasaron a ser ocho. Años después, ya eran dieciséis. Siempre fue una lectora empedernida. Ella sola leía más libros que todos los habitantes del pueblo juntos. Como nadie la controlaba, siempre que podía llevaba a casa algún libro escondido en la faltriquera. De este modo, entre los dos, consiguieron reunir una buena biblioteca.

La vida de Pelayo era tranquila, casi monótona, excepto cuando llegaba el mes de diciembre. En uno de aquellos largos y entrañables días que conformaban la Navidad, el Año Nuevo y Reyes, su único nieto, Víctor, había cumplido diez años; el seis de enero, para ser exactos. Víctor vivía con sus padres en un pueblo algo mayor que el de su abuelo, a orillas del mismo río, un poco más abajo. Su padre trabajaba como maderero en un viejo aserradero. Una vez al año, casi siempre por Nochebuena o Reyes, subían a visitar a su abuelo, atravesando el bosque, montados en un carro tirado por un viejo matalón. Con él pasaban las fiestas. La abuela ya no estaba. Los años y la artritis se la habían llevado.

Por su décimo cumpleaños, el abuelo Pelayo, conocedor por su hijo, del amor de su nieto a leer, le tenía reservada una gran sorpresa: un precioso libro de aventuras. El día anterior a su llegada, aún dudaba entre *Veinte mil leguas de viaje submarino* y *Robinson Crusoe*. Vivian a poca distancia, separados por el mismo pequeño río y por una angosta y sinuosa vereda poblada de hermosos árboles, siempre verdes. Finalmente, se decidió por las aventuras del gran Julio Verne. El hecho de estar a tan solo unas leguas y el mismo cauce de por medio, tuvo mucho que ver con la elección: el agua y los libros como conexión.

El día de su décimo quinto aniversario, Víctor recibió, como cada cumpleaños, un nuevo libro de regalo. Ese mismo día preguntó a su abuelo si podría regalarle más libros, ya que, dada su enorme avidez por leer, su lectura le duraba poco. Pelayo nunca tuvo dudas de que su biblioteca no podía tener mejor heredero que su nieto, por lo que decidió que cada día de Reyes le regalaría cinco libros en vez de uno. Dentro de poco tiempo, él ya no los necesitaría y ¿quién mejor que su nieto para tenerlos?

Con el correr de los años, la situación laboral del padre de Víctor había mejorado. Ello propició que, dos veces al año, en sendos fines de semana de mayo y julio, además de Nochebuena y el Día del Padre, visitaran al abuelo. Padre e hijo lo hacían a lomos del pequeño ciclomotor que había podido comprar. Eran unas maravillosas jornadas de lectura y pesca, que siempre se les hacían cortas. Pelayo y Víctor; el río y los libros. Los dos disfrutaban esos entrañables días, leyendo y hablando sobre lo mismo en el hórreo biblioteca de su abuelo y pescando en el río. Víctor disfrutaba en aquella estancia abarrotada de libros, siempre asaltado por la duda de no saber cuál leería antes, de todos los que se iba a llevar.

Al caer la tarde del domingo, Víctor y su padre regresaban a casa. La cesta con la comida que habían traído en la parte de atrás del ciclomotor, ahora iba abarrotada de libros; tantos que había que atarla con una cuerda para que no se perdiera ni uno por el camino.

Algunos años más tarde, el padre de Víctor falleció a causa de un desgraciado accidente en la serrería. Nada se pudo hacer por él. Para afrontar los gastos de entierro y sepelio, su madre se vio en la necesidad de vender la motocicleta. Víctor estaba embargado de dolor por la muerte de su padre y por la pena de no poder viajar con él para visitar al abuelo y traer más libros de vuelta.

El tiempo pasó rápido, devorando días y noches, y llegó el momento en que los tuvo todos leídos y no le quedó más remedio que volver a comenzar a leerlos otra vez, empezando por los primeros que su abuelo le había regalado.

Tres meses después de la muerte de su padre y poco después de su madre, echando de menos a su abuelo y a sus libros, tomó una decisión: tenía que ir a verle y contarle la idea que había tenido. Era tan arriesgada como complicada, porque su abuelo ya no estaba para caminar de un pueblo al otro y él tampoco disponía de medio de transporte para poder visitarlo.

Un día de junio, al alborear la mañana, sin decir nada a sus tíos, con los que ahora vivía, echó su mochila a la espalda, sus sueños al corazón y se puso en marcha. Había calculado que, de buen paso, tardaría poco más de hora y media en llegar y el mismo tiempo en regresar. No echó dentro nada de comer. Estaba seguro de que ese problema no lo tendría en casa de su abuelo. Antes de salir, después de hacer la cama y arreglar su habitación, dejó una nota sobre la mesita de noche explicando su desaparición. En ella les decía que no se preocuparan, que echaba de menos a su abuelo y que necesitaba verlo. Y aclaraba que sabría ir y volver sin problemas porque conocía muy bien el camino.

Dos horas después de iniciar su marcha, abrazaba a su sorprendido abuelo y le contaba su peregrina idea. El bueno de Pelayo alucinaba con su relato. Era tan increíble como irrealizable. Dado que Víctor ya no podría ir a verle con su padre en el ciclomotor, le pedía, le rogaba, que le enviase por el riachuelo todos los libros que pudiera, y que cupiesen dentro de un moisés de esparto y caña, envueltos en plástico, para que no se mojaran. Tendrían que construirlo entre los dos antes de regresar a casa. Luego solo. tendría que enviárselo navegando por el río como si fuera un pequeño barco y que él lo estaría esperando. Sería el barco de los libros.

El bueno de Pelayo reía con su ocurrencia. Tuvo que explicarle que, además de la dificultad de construirlo, solo serviría para un primer envío, ya que no podría hacer un moisés al mes para cada remesa de libros. También, y en el caso de lograrlo, tendrían que acordar, antes de marcharse, el día y la hora del envío y la hora aproximada de llegada del mismo para que Víctor estuviese atento para recogerlo. ¿Cómo harían eso?

Víctor no paraba de llorar. Su idea había naufragado antes de llegar al río. Su abuelo le dijo que trataría de encontrar una solución. De momento, llenó su mochila con la mayor cantidad de libros que cupiesen dentro. Con ellos tendría suficiente lectura para unos meses. Mientras tanto, y para que regresara más tranquilo, le comentó que al día siguiente se pondría manos a la obra para hacer el moisés del primer envío. Que, una vez hecho, se lo enviaría el primer lunes de agosto a las doce de la mañana y que debería estar atento a su llegada a partir de las cuatro o cinco de la tarde, ya que tardaría en llegar, porque en los meses de verano, el río llevaba menos agua.

A las dos de la tarde, después de haber comido, mientras abuelo y nieto llenaban de libros la mochila, llamaba a la puerta de casa un guardia civil. Era el cabo Nel, tío de Víctor. Estaba preocupado por su ausencia y se había presentado en la motocicleta del cuerpo. Media hora más tarde y con todo aclarado, tío y sobrino se disponían a regresar con la mochila y un petate cuartelero llenos de libros. Antes de salir, Nel, ya conocedor de la idea de su sobrino, echaba al río una pequeña caja de madera que Pelayo guardaba en su hórreo. Miró la hora en su reloj y, en voz alta, exclamó.

—Así estaremos al tanto de lo que tarda en llegar la caja al pueblo, y saber la hora aproximada a la que llegará el moisés del abuelo el primer lunes de agosto. Luego, veremos qué más se nos ocurre.

Víctor sonrió y abrazó a su tío.

Ya en casa, después de la regañina de su tía y de una buena cena, una vez que les hubo contado la odisea completa de su viaje, Víctor se quedaba dormido leyendo *Robinsón Crusoe*.

Las horas y los días se le hacían eternos a Víctor esperando la llegada del primer lunes de agosto. No dejaba de leer a todas horas para que el tiempo se le hiciera lo más corto posible. Le resultaba angustioso no tener noticias de su abuelo, ya que en su aldea no había servicio de Correos. Solo le quedaba tener paciencia y esperar. Esperar y seguir esperando, al tiempo que no dejaba de leer. Uno de los libros que más le gustó fue *El conde de Montecristo,* porque le enseñó a practicar la virtud de la paciencia y a no perder nunca la esperanza.

Víctor amaba, como su abuelo, pescar en el río. Lo hacía con la caña de su tío, mientras leía un libro. Le gustaba la idea de parecerse también, en eso, a su abuelo Pelayo. ¡Cómo lo echaba de menos!

Al fin llegó el ansiado primer lunes de agosto. Víctor aguardaba, pescando, el moisés de su abuelo en el vado acordado del río. No paraba de mirar la hora en el viejo reloj de su padre.

Nervioso, era incapaz de leer y de ver el pez que había mordido el anzuelo; lo sacó, lo liberó y lo devolvió al agua. Ahora, del río solo quería los libros; los libros del agua, de la vida y de su abuelo. Solamente trataba de imaginar qué clase de artilugio habría sido capaz de idear y construir su abuelo y el tiempo que le habría llevado hacerlo. A su lado, impasible, en silencio y prismáticos en mano, el cabo Nel, su tío, no cesaba de mirar el recodo en el que el río giraba antes de llegar al pueblo.

De repente, el tío Nel soltó un grito.

—Por allí baja algo y parece muy grande.

Víctor soltó la caña y el libro y, poniendo sus manos de parasol, lo vio bajar. Era un bulto enorme de color marrón y bajaba muy despacio. Con las botas de agua que ambos llevaban, se metieron dentro del río para evitar que, al llegar, se les escapara de las manos. Por si acaso, el tío Nel llevaba una soga con un gancho en su extremo para poder cogerlo. La sorpresa fue tremenda. Era un ataúd de madera, de color marrón oscuro, cerrado y atado con una gruesa cuerda y con cuatro viejas ruedas a ambos lados para que flotara mejor y evitar que pudiera hundirse.

Con gran esfuerzo, entre los dos arrastraron el ataúd hasta la orilla y con el mayor de los cuidados lo depositaron sobre la verde hierba. Nel sacó su navaja y cortó las cuerdas que anudaban ataúd y neumáticos. Con tanta rapidez como angustia y miedo, imaginando lo peor, levantaron la tapa. Estaba completamente lleno de libros, todos cubiertos por un enorme trozo de plástico. No podría haber cabido ni uno más. Encima de ellos, había una nota en la que estaban escritas estas palabras:

Para mi querido Víctor. Después de este envío solo me quedarán libros para una nueva remesa. Confío en que llegue bien. Dentro irán todos los que me quedan, menos uno. El ingenioso hidalgo Don Quijote de la Mancha, del gran don Miguel de Cervantes Saavedra. Lo sigo leyendo a diario. Lo recogerás cuando vengas a tu última visita. Es un libro para leer toda la vida, en cualquier momento. Aprenderás mucho de él.

Será la última embarcación que te envíe, pero antes tendréis que devolverme el "moisés". Espero no tener que usarlo antes para mí, ja, ja, ja. A ver cómo os las apañáis para hacérmelo llegar en buenas condiciones. Y no olvidéis las ruedas…

Te quiero más que a mis libros, amado nieto. No dejes nunca de leerlos y cuidarlos. Ahora, ya son tuyos. Así podrás recordarme con alegría. Y compártelos siempre con aquellos a los que también les guste leer. No lo olvides nunca.

Muchas gracias por todo, Nel. Eres un gran tío, en todos los sentidos. Todos mis abrazos son vuestros.

Julio Prieto Mendo. Extremeño. Nacido en Plasencia. Con un año llego a Trujillo. Casado con una asturiana, vive en Gijón.

Su vida son recuerdos de ocho años en un colegio de monjas (Trujillo), nueve en un internado de Jesuitas en Villafranca de los Barros (Badajoz) y tres de estudios de Empresas Turísticas en Sevilla.

Ha trabajado en Banca, (Madrid); Seguros, en Madrid, Salamanca y Burgos y como Guía Correo por Europa.

Ha publicado seis libros; uno de relatos (de inminente reedición, corregida y ampliada), y cinco novelas.

Por Santa Rita, el agua da más que quita.

Ratón de biblioteca

Javier F. Parrondo

Ya me estaba empezando a preocupar el que llevase más de una semana lloviendo sin parar. Pero cuando digo llover, lo digo como lo hace aquí en el norte, tromba tras tromba, tras tromba, con apenas unos minutos de descanso para que los pobres prados traten de absorber tal cantidad de agua. La tierra estaba tan anegada que, ya por desesperación, había decidido transformar en barro y lodo, toda la lluvia que le arrojaba el cielo. Y mejor no hablar de las tuberías de desagüe y cunetas, que desde hacía ya un par de días, habían desaparecido bajo unos veinte centímetros de agua. Habían tirado la toalla para rendirse ante tal cantidad de trabajo inasumible para ellas.

Pero si a algo no le quitaba ojo desde ayer, era al río cuyo cauce había agrandado varios metros, en dirección a mi casita de dos plantas. Mi hogar tenía una situación bucólica, junto a un apacible riachuelo que me había enamorado años atrás. Me costó un riñón, como se suele decir, arreglarla y pelear con la burocracia (ese invento del demonio) para los permisos, pero al final conseguí irme a vivir a ella.

El pueblo está en lo alto de una colina, al menos la gran mayoría de las viviendas, donde la gente parece tener su vida instalada desde hace décadas. Todo parece repetirse día tras día: los animales salen a pastar por la mañana, los tractores inician sus labores en los campos bien temprano, el panadero y el pescadero hacen sus rutas habituales por todo el concejo, las alfombras y felpudos se sacuden desde las ventanas y la gente se saluda con una sonrisa. Puede que el altavoz del chatarrero, sea lo que rompa la rutina instalada sin que nadie se dé cuenta.

Cada vez que cruzo por delante de esas casas, y debo hacerlo porque no hay otro camino, paso más tiempo saludando con la mano que agarrando el volante del coche. No es muy grande, pero tenemos ese bar tienda tan clásico de la zona rural. Allí puedes comprar desde jabón para la lavadora hasta herramientas para el huerto, comida para tu nevera y como no, tomarte un café mientras echas una partida al mus con los vecinos. Hace de centro social, base desde donde lanzar los cotilleos vecinales y hacer reuniones para planear una *sextafeira* entre todos los voluntarios.

Desde ese alto, bajando un caminito de hormigón, por el que apenas entra un coche, entre muros de piedra que se sujetan de milagro, se encontraba mi humilde morada. Las vacas eran las únicas vecinas que tenía y, aunque eran muy madrugadoras, no eran excesivamente escandalosas, salvo algún que otro mugido espontáneo. Por suerte, estas no llevaban cencerros que estuviesen dando la lata día y noche. Ladridos lejanos de perros, cumpliendo con su trabajo de vigilancia ante los portones de las casas, venía a ser la sintonía diaria y alguna lechuza de caza en la noche, posada en un árbol cerca de mi habitación, era lo que pudiera despertarme. En ese caso, saltaba hasta la ventana a atisbar a tan bella ave y sus ritos nocturnos. Un día, tendría que comprarme unos prismáticos de visión nocturna, para poder ver también a las familias de jabalíes, que salían del bosque cercano a pasearse cerca del cierre de mi propiedad. Vivía en lo que llaman la tranquilidad del campo.

La casa la había amueblado con estilo casi minimalista, porque soy hombre de pocas necesidades, y casi todo el sitio en las paredes se lo llevaron las estanterías que rellené con libros que en mi apartamento apilaba hasta el techo. Aquí daba gloria verlos en sus baldas, con sus lomos presentando sus títulos, de forma descarada, al curioso que se acercase a contemplarlos. Desde el techo hasta el suelo, de izquierda a derecha, en tres habitaciones de las cinco que poseía la casa. Mis libros son lo más importante en mi vida, ya que las relaciones sociales las he rebajado a lo mínimo. No es que sea una persona desagradable ni antisocial, soy un buen vecino, pero al ser la última casa de un camino que sale del pueblo y hay algo de distancia, pues no tengo necesidad de estar viendo a los vecinos todo el tiempo. Además, el camino acaba en mi puerta, abajo en una hondonada y más allá, solo hay prados casi convertidos ya en monte.

Vivo feliz entre mis volúmenes escritos. Soy lo que se llama un ratón de biblioteca.

En esta noche desapacible, decidí retornar a una lectura agradable, para mitigar la desapacible y torrencial lluvia que golpeaba las ventanas y, tras ver con las últimas luces que el río se acercaba al cierre de malla de la finca, quise algo que me apaciguara el desasosiego y me levantara el ánimo. Nunca llovió que no parara, decían los viejos del lugar y esta noche ese será mi lema.

Con unas zapatillas y una bata sobre mi pijama, me aproximé a la biblioteca, para echar mano de ese volumen especial que tenía apartado por estar a media lectura, cuando lo vi correr a esconderse. En un primer momento, me sobresaltó, pero luego, al darme cuenta de que era un pequeño ratoncito de campo, sonreí y pensé que estaría buscando refugio de la tormenta. Era una pequeña bolita de pelo, asustadiza, de redondos ojitos y un gracioso movimiento de hocico. Sus patitas se escucharon por las baldas, tras los libros, mientras correteaba raudo en busca de un escondite donde yo no lo viera. Casi se le podría denominar "*cuqui*". No era más que un animal atemorizado, que no hacía daño a nadie. Ya se iría cuando amainase, aquí no había nada para él.

¡Pero sí que lo había!

El maldito animal, ese monstruo desalmado, esa bestia hiriente de dientecitos salvajes, llevaba varios días alimentándose de mis sacrosantos volúmenes. Los comencé a abrir, para ir clasificándolos con la vana esperanza, de que hubiese roído uno o dos a lo sumo, pero para mi desgracia no era así. Fui apartando libro a libro, y cada vez que me topaba con uno mordido, era como una puñalada certera en el corazón. Aquel ser infernal, había mutilado mis preciosos libros sin ninguna piedad, y en mí, creció un odio exacerbado e incontrolable, que clamaba venganza con el puño en alto, cuál protagonista de «*Lo Que El Viento Se Llevó*».

—¡A dios pongo de testigo que no volverás a alimentarte de mis libros! —bramé roto de dolor por la carnicería realizada en la biblioteca.

Aparté los heridos por los dientes del ratón, haciendo pilas sobre una mesa, y recorrí las tres habitaciones vaciando estanterías, maldiciendo todas las generaciones anteriores que hubieran pisado la tierra de ese miserable mamífero destructor. Una vez hecho el recuento de bajas y sintiéndome mareado por hiperventilar con el disgusto, fui a la cocina a prepararme algo caliente y tomar cartas en el asunto. De un armario saqué un paquete de café y al levantarlo, derramó todo su contenido por la cocina. Revisé todos los estantes del mueble y, ese innombrable ente, había metido su hocico en todo.

Decidí pasar a la acción. Fui al armario de las escobas y agarré una cajita con veneno para ratones, que nunca había tenido la necesidad de usar (ni el valor, ya que viene a cuento), pero ese ratón me había declarado la guerra.

Si eso es lo que quería, la tendría sin cuartel.

Comencé a dejar bolsitas, de un contenido azul, por todas las habitaciones sin poder evitar una pequeña sonrisa interior de satisfacción, anticipando al ver el cadáver del invasor. Me senté en silencio, en la habitación en la que almacenaba los cientos de libros sanos y las decenas de dañados, tras dejar el veneno en todos lados. Fui clasificando los heridos en graves, muy graves o ya desechables por el terrible destrozo de sus páginas. En ello estaba cuando lo vi pasearse de forma desvergonzada y chulesca, como si la casa fuera suya. Se acercó a una de las bolsitas de la esquina. Ni me moví, aguantando la respiración con la intención de disfrutar en directo de mi victoria sobre esa mente inferior cuando mordiera el cebo, pero lo que hizo fue olerlo con calma y mear sobre el veneno. Juraría que me miró con sorna. Salí corriendo tras él, tratando de darle pisotones, pero era raudo y veloz el maldito. Consiguió evitarme realizando ágiles movimientos, hasta que se escurrió bajo la puerta que da al exterior. Respiré algo más relajado, dando por ganada la guerra, cuando por donde salió, entró el mismo ratón, pero mojado desde el hocico hasta la cola.

Me miro, lo miré. Nuestros ojos conectaron por un breve instante y escapó de nuevo por la casa como alma que lleva el diablo, rompiendo la conexión. Con la mirada le seguí hasta perderlo, pero en mi interior me quedó la duda de si me estaba tratando de decir algo. Abrí la puerta y descubrí con horror, que el agua del río estaba subiendo el único escalón de entrada. El patio estaba anegado. Los tiestos con plantas, desaparecidas bajo el nivel creciente. Cerré, como si eso evitase que el agua se colase en casa y en segundos mis zapatillas quedaron caladas.

Esto se ponía serio. A todo correr, amontoné libros en mis brazos, y subí y bajé cargado las escaleras, tantas veces que perdí la cuenta. El sudor descendía por mi espalda hasta donde ésta pierde su nombre, y el pantalón del pijama estaba chorreando hasta las rodillas por el agua que entraba sin cesar, por quién sabe qué huecos de la casa. Alarmado, acabé de salvar todo lo posible, hasta que el agua llegó a un enchufe y todas las luces se fueron. Casi a oscuras, con el agua inundando la planta baja, decidí que arriba estaría a salvo. Lo que me impulsó a esa idea, fue ver flotar por la cocina el contenido de la nevera, y perder de vista la mesa y las sillas donde comía a diario. Desde el descansillo de la escalera, contemplé el destrozo que el agua creciente estaba realizando con el corazón en un puño.

Hasta que vislumbré algo pequeño que subía a toda prisa por el pasamanos. A manotazos traté de espachurrar al ratón que, por lo visto, buscaba refugio en la zona seca al igual que yo. No permitiría que ese indeseable se salvase tan fácil, aunque, con una habilidad envidiable y un par de quiebros increíbles en un pasamanos de pocos centímetros, se puso a salvo correteando por el piso superior.

—Maldito seas —farfullé— Si no fuera por tu culpa, me hubiera dado cuenta antes de esto y me hubiera podido poner a salvo.

En mi cabeza culpaba al ratón de todos mis males y los de la humanidad: la guerra, las enfermedades, la pobreza, los políticos, el no cesar de la lluvia, que provocaba una crecida salvaje de aquel amable riachuelo, en él remojaba mis pies desnudos en verano, los baches de la carretera, los dolores de muelas… yo qué sé. Estaba fuera de mí. Casi deseaba agarrarlo y acabar con su vida con mis propias manos, cual estrangulador de película de terror.

Lo detecté en la penumbra, al quedarse en una esquina y sacudirse el agua. Me lancé a por su cuerpo sin piedad, pero de nuevo me evitó, metiéndose entre las pilas de libros que llegaban desde el suelo hasta unos dos metros. Esa habitación era como ver el Partenón griego con todas sus columnas, pero literariamente hablando. Era tanta mi rabia, que no me detuve y comencé a tirar libros y apartarlos y cada vez que vislumbraba un movimiento ratonil le lanzaba un libro. Daría por bien empleada la vida física de una novela, si con ella lograba acabar con ese inquilino no deseado, así que imaginaros hasta donde llegaba en ese momento mi odio por él.

Pero en el ardor de la pelea, mientras mi enemigo huía y se escabullía como la rata cobarde que era, no percibí que el agua ya estaba arriba conmigo. Todas las alarmas de mi cabeza comenzaron a sonar a un nivel bestial, porque sí, que la planta baja se inundase era algo muy serio, que llegase a la de arriba era lo impensable. En ese momento dejé de pensar en el ratón y me dije que debía llamar a los bomberos, con la infeliz impresión de que sabía, con toda seguridad, dónde había dejado mi teléfono móvil. En mi mente alarmada se forjó la imagen del susodicho aparato posado en una mesita del salón. Seguro que ahora estaba bajo tres metros de agua sucia de río, que formaba remolinos por el hueco de la escalera ya desaparecida, en la oscuridad de la noche y la negrura del invasor líquido.

Viéndome solo y desamparado, pensé en saltar por la ventana y me asomé a una, para no ver nada más que río, mirase donde mirase. Ni prados, ni cercados, ni portones, ni (oh no) mi coche. Las luces de las casas de mis vecinos que estaban más arriba, cerca de la colina, habían desaparecido en la cortina de agua que descendía sin piedad, relegando al negro como único color. Mi cabeza tarareó la canción de los *Rolling Stones* y no pude evitar reírme, como un histérico, con el agua a la altura de mis nalgas de nuevo.

¡Mis libros! Esas dos palabras me sacaron de mi estado de histeria y corrí a la habitación donde ya un metro y medio de ellos no se veían, y las pilas iban cayendo al agua por la fuerza con que empujaba. Desesperado ya por salvar mi vida, y agarrando los pocos libros que pude, me obligué a dejar los otros a su suerte con todo el dolor de mi corazón, para trepar a una estantería. Era la única que tenía un hueco en el que podía colocarme de lado, entre balda y techo. Me quedé a esperar el fin de mi vida, abrazado a los libros que pude acarrear hasta allí de un brazado, y que el agua me iba arrebatando al llegar a mi nivel.

La llegada de la claridad del día y el cese del sonido de lluvia, me obligó a mirar a la ventana abierta, que parecía estar a millones de años luz de distancia. Las nubes daban un respiro, pero el nivel del agua del río se mantenía, deteniéndose a unos cincuenta centímetros de mi techo, dejando un yo mojado, helado y, no lo puedo negar, presa del pánico hasta el tuétano.

Un chapoteo me sacó de mis pensamientos y, al girar un poco la cabeza, lo vi. Calado, también asustado, porque se podía leer en sus ojillos negros que el miedo no es una propiedad exclusiva del ser humano, ya que se veía en el único lugar fuera del agua con el tipo que llevaba toda la noche intentando matarlo. Me giré como pude y, tumbado sobre la balda, le miré de frente a frente. Entre los dos, un pequeño y delgado libro, un superviviente por haber sido olvidado en lo alto de una librería en la que pocas veces hacía limpieza. El duelo de miradas duró al menos un largo minuto, repleto de segundos de tensión, mientras nos mediamos en un espacio tan escaso. Estaba claro que era el último combate, el jefe final de un videojuego, se podría decir.

Silencio. Tensión. Me sentía como en un duelo en el salvaje oeste. ¿Quién desenfundaría primero su arma? ¿Quién sería más rápido a este lado del río? Este último pensamiento me hizo reír en voz alta, despistando al ratón que a punto estuvo de saltar.

—¡Te atrapé! —grité, dejando claro que yo había sido el más raudo.

Mi mano asió el libro junto al ratón y me lo acerqué. Observé con detenimiento su miedo y sopesando qué hacer con la novela, decidí que un libro no debía ser nunca un arma para acabar con una vida inocente, así que lo abrí por la primera página.

—Mientras llegan los bomberos a salvarnos, tendremos que pasar el tiempo en algo, ¿no? —le pregunté al ratón que me miraba con curiosidad y se había sentado relajado—. Si quieres, podemos leer este libro juntos.

Carraspeé, y comencé a leer en voz alta a un espectador entregado por completo a mi voz, la narración que comenzaba así:

En un agujero en el suelo vivía un Hobbit...

Javier F. Parrondo ha sido siempre un lector de los que miran las estanterías de su casa y pensar en una mudanza le aterroriza. En una esquinita de esas baldas conviven sus logros editoriales, tales como los relatos *I.A* que se publicó en la *Antología de Ciencia Ficción Quasar3*; *El Perro Ladraba Sin Parar* aparecido en el *IV Certamen Walksium de microrrelatos de terror*; *Tinta Y Los Extraños transeúntes* de la *Antología Orgullo Zombi 3* e *Inmarcesible* de la *Revista de las Historias Perdidas.*

Su primera novela fue *Charly Hellbreaker, Memorias De Un Demonio Caótico* en la que desarrolló un humor negro e irónico a través de un personaje inusual. En la plataforma Lektu hay publicado para todo el mundo un pequeño relato navideño sobre este personaje titulado *Charly Hellbreaker y La Sorpresa Navideña*

Enseña con orgullo el diploma del primer premio del *I Certamen Literario Mundo Rural Se Ha Escrito Un Libro* gracias a su *Anda Por Lo Segao*, al que ahora acompañará su *Ratón De Biblioteca* elegido para este II volumen de historias rurales.

Con el agua de mayo, crece el tallo.

Epílogo

Como escritora, me gusta participar en certámenes. El proceso de creación resulta apasionante. Primero, buscar la idea que se adapte al tema, algo que no siempre resulta sencillo. Después, ajustar la extensión a las pautas establecidas por el jurado, aquí reconozco que en demasiadas ocasiones he tenido problemas, sobre todo si la historia me gusta mucho porque quiero seguir contando más sobre los personajes y me supone un gran esfuerzo condensar la narración.

Durante días, en mi mente viven los actores de la trama que intento plasmar en el papel. Comen, duermen, caminan por la calle conmigo, siempre presentes, aunque quien me observe lo ignore, en mi imaginación se reproducen escenas sin parar. Diálogos, peleas, reconciliaciones, incluso asesinatos, al tiempo que realizo las tareas cotidianas.

Esa parte de la creación literaria es la más importante, en ella, la historia comienza su transformación de mera idea a microrelato, relato o novela.

En esta ocasión, me he cambiado de lugar convirtiéndome en la otra parte del engranaje de un concurso, el jurado.

Al leer los relatos de los participantes en este *II Certamen Literario Mundo Rural* me he sentido muy cerca de ellos, sin conocerlos.

He sentido sus miedos, sus dudas, incluso en ocasiones una cierta vergüenza al pensar que alguien ajeno a ellos dará voz y pondrá rostro a los personajes que tan solo existían en su imaginación, antes de que ellos con su magia, los transformasen en palabras.

A todos y todas quiero darles las gracias por dejarme disfrutar de sus relatos, por permitirme conocerlos a través de las historias que han creado y por concederme la oportunidad de soñar sus mismos sueños. Espero que volvamos a *leernos* el próximo año.

Alicia G. García

La voz del molino

Quiso la providencia que naciese en este hermoso Principado de Asturias, donde los ríos fluyen a sus anchas y puedo ayudar a sus gentes, ya desde tiempos inmemorables, a moler su grano.

Bien sea trigo, maíz o centeno, para alimentar a los animales o, mejor aún, para elaborar ricos panes, tortos y pulientas... entre otros manjares.

Me presento, soy el molino de agua, que ahora casi ya no me usan, pero antaño, era uno de los bienes mas preciados de las familias molineras, que vivían a la orilla de los ríos.

El agua me llega por la acequia, que acaba en un cubo. En la base de este cubo hay un agujero, donde sale el agua a presión, el bocín.

La fuerza con que me llega esta agua, empuja mis aspas que hacen rotar mi eje, que a su vez trasmite, mediante un engranaje colosal, su movimiento a mi otro eje horizontal, y al termino de este, tengo una piedra móvil de forma circular, la muela.

Los granos me llegan por la tolva, que es una especie de cilindro invertido, y mi muela rueda y rueda, hasta hacerlos harina.

Esta harina cae al harnero, un cajón de madera y aquí acaba mi trabajo.

Sabores de tiempos pasados

Pulientas

Qué necesitamos:

- 500 gr. de harina de maíz

- 50 gr. de harina de trigo

- 1 litro de agua

- Sal

- Leche

- Azúcar

Cómo las hacemos:

Disolvemos las harinas en agua fría sin que se formen grumos y sazonamos con una pizca de sal.

Hervimos sin dejar de remover hasta que espese. Vertemos en unos platos y espolvoreamos con azúcar.

Si se toman calientes, se agrega leche fría y, si se toman frías, se añade leche caliente.

Boroña

La boroña es un pan elaborado a base de harina de maíz típico de Asturias, especialmente de su zona occidental. También lo encontramos en las comunidades vecinas.

Tradicionalmente se horneaba cubierto por una hoja de berza y también es frecuente rellenarla de chorizo, morcilla u otro embutido, denominándose en este caso *boroña preñada*.

La proporción de harina de maíz varía mucho según la receta, en general a más cantidad de maíz obtenemos un pan con una miga mucho más densa y compacta.

Ideal para el desayuno. Te en cuenta que también influye la variedad de maíz empleada, así como el horno, la que está hecha en horno de leña se nota muchísimo la diferencia.

Qué necesitamos:

- 5 tazas de harina de maíz

- 1 taza de harina de trigo de fuerza

- 2 sobres de levadura de panadería

- 2 cucharaditas de sal

- 1 cucharadita de azúcar

- 5 cucharadas de aceite de oliva virgen extra

- 2 tazas de agua tibia

Preparación:

En un bol amplio ponemos las harinas, la levadura, el azúcar y la sal y removemos bien con una cuchara de madera.

Añadimos el aceite y con una batidora equipada con ganchos de amasar o bien a mano comenzamos a amasar y vamos añadiendo poco a poco el agua tibia. Amasamos muy bien durante unos 10 minutos y cuando obtengamos una masa no demasiado seca y elástica (añadir un poco más de agua si es necesario) formamos una bola un poco aplanada y la colocamos en un lugar templado con un trapo por encima y la dejamos reposar durante 1 hora.

Precalentamos el horno a 200°C. Colocamos la masa sobre una superficie ligeramente enharinada y lo golpeamos un ratito para eliminar el exceso de gas. Damos la forma deseada al pan y le hacemos una cruz en la cara superior con la ayuda de un cuchillo. Horneamos durante 40-45 minutos hasta que comience a estar dorada y suene hueca al golpearla por abajo...

Los Frixuelos de María Jesús

Qué necesitamos:

- Medio litro de leche o agua
- 2 huevos
- 150 g de harina
- Aceite o mantequilla para la sartén
- Azúcar para espolvorear.
- (Se pueden rellenar de mermelada o chocolate).

Preparación:

En un bol se ponen la leche, los huevos y la harina. Se bate bien hasta que no tenga grumos.

Ponemos la sartén al fuego con aceite y o una pizca de mantequilla. Con un cucharón cogemos el engrudo y lo esparcimos por la sartén. Se da la vuelta con una espátula. Es mejor que estén un poco tostados, tienen mejor sabor.

Se van poniendo en un plato llano y se espolvorean con azúcar.

Si son rellenos, se les pone el relleno que más guste y se envuelven.

Pan de Escanda

Qué necesitamos:

Para el prefermento

- 100 g de harina de escanda
- 100 ml de agua tibia
- 1 g de levadura fresca

Para la masa

- 300 g de harina de escanda
- 100 g de harina de fuerza
- 140 ml de agua tibia
- 130 ml de leche tibia
- 15 g de levadura fresca
- 10 g de sal

Preparación:

Comenzamos preparando el prefermento.

En un recipiente añadimos la levadura y el agua tibia, y mezclamos hasta que se disuelva. Una vez disuelta, incorporamos la harina de escanda y removemos hasta obtener una masa homogénea. Finalmente, cerramos el recipiente y dejamos que repose a temperatura ambiente durante 12 horas. Pasado este tiempo, preparamos el pan.

En un bol, añadimos las harinas y la sal. Mezclamos y hacemos un hueco en el centro donde añadimos el prefermento, la levadura, la leche y el agua (ambas tibias), y removemos hasta conseguir una masa homogénea.

Volcamos la masa en una mesa y amasamos durante 15 minutos hasta obtener una masa lisa y suave.

En ese momento, la introducimos en un bol engrasado, tapamos con papel film y dejamos que repose durante 1 hora.

Pasada la hora y habiendo duplicado su volumen, la volcamos en una mesa enharinada, la desgasificamos y la dividimos en dos partes iguales a las que damos forma de bollo.

Por último, dejamos que reposen durante 5 minutos. Rodamos los bollos por la mesa hasta que adquieran forma de cilindro de unos 40 cm. de longitud. A continuación, damos forma al pan. Con la forma hecha, colocamos el pan en una bandeja de horno con papel sulfurizado, tapamos y dejamos que repose durante 1 hora.

Pasada la hora, espolvoreamos un poco de harina de escanda y lo introducimos en el horno a 220 °C durante 40 minutos Pasado ese tiempo, sacamos el pan del horno y dejamos que enfríe sobre una rejilla.

Notas

*Se puede sustituir la leche por agua (270 ml).

*Se puede utilizar levadura seca. En ese caso, usa 0,5 g para el prefermento y 7 g para la masa.

La escanda es un cereal con pedigrí, antiquísimo. Un trigo salvaje cultivado casi desde tiempos prehistóricos. Su molienda data al menos de 22.000 años antes de Cristo en Israel. Se trata de una planta bien adaptada al medio asturiano, ya que desde la antigüedad es fiel a regiones montañosas y muy resistente al frío, al exceso de humedad, así como al ataque de los pájaros e insectos por su vaina (gluma), que no se desprende después de la trilla sin la ayuda de molinos especiales.

Tras un declive continuado de este cultivo desde el siglo XVI, los nuevos tiempos y las nuevas pautas de mercado, decantadas por la producción ecológica y la calidad alimenticia, colocan a la Escanda asturiana ante un nuevo renacimiento y una paulatina extensión de tierras para su cultivo. Lejos de intervenciones transgénicas, la escanda mantiene sus orígenes intactos, y se aleja por tanto de ese dominio paulatino de productos sin personalidad, faltos de aroma, sabor e incluso nutrientes.

La escanda asturiana tiene un 50 por ciento más de proteínas que el trigo común, un alto valor nutricional que se concreta en numerosas características saludables, muchas más que cualquier otro trigo modificado.

El cultivo de la escanda merece una especial mención en los concejos de Grado, Pravia, Belmonte, Somiedo, Proaza, Yernes y Tameza y zonas limítrofes, al igual que algunas parroquias de Salas y Tineo, donde conservan este cereal tradicional y de verdadero interés etnológico.

En cuanto al *pan de escanda* propiamente dicho, se sustenta en una harina fina, esponjosa, de tono grisáceo y poco denso. Presenta gran estabilidad al amasado. Una vez fuera del horno, el pan se caracteriza por su corteza lisa, blanda y fina, de color entre anaranjado y tostado; su aspecto es homogéneo al corte, su textura esponjosa dependiendo del porcentaje de escanda empleado. Se puede mantener durante varios días sin perder los atributos del pan fresco. Su sabor y aroma es muy peculiar, con un ligero toque a nuez.

Gracias por la lectura de este libro

Muchas gracias al lector que tenga la amabilidad de sumergirse y dejarse acompañar por este libro, y a los autores que con su generosidad y buen saber hacer con las letras, lo han hecho posible.

¡Te esperamos!

Se ha escrito un libro